Les femmes en blanc

Invité donneur

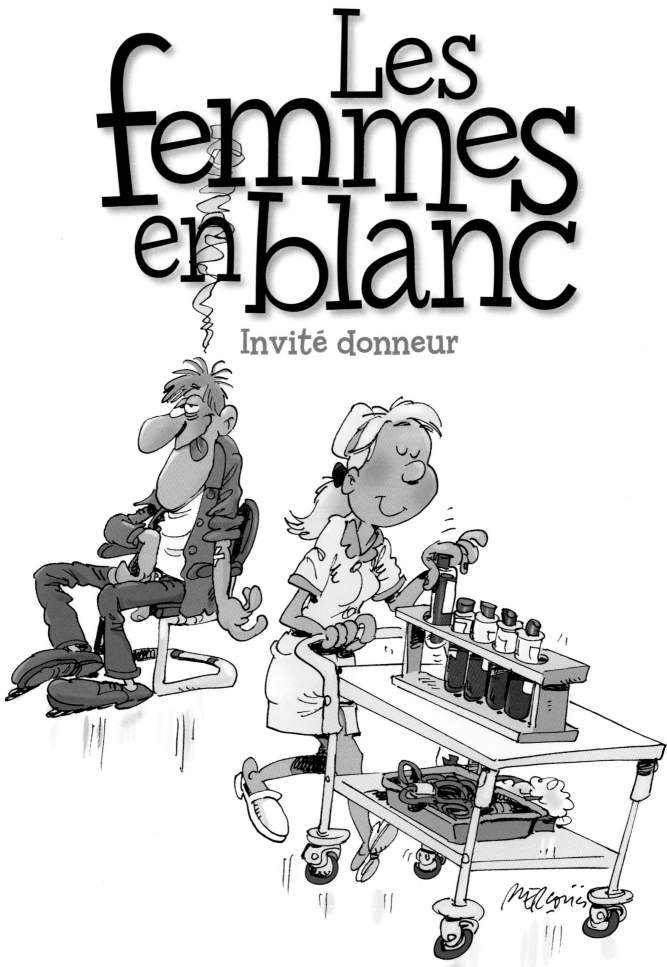

Dessin : Bercovici / Scénario : Cauvin / Couleurs : Leonardo

DUPUIS

D.2006/0089/102 — R.5/2011.
ISBN 978-2-8001-3781-0 — ISSN 0771-9124

Imprimé en Belgique

www.dupuis.com

Cet album a été imprimé sur papier issu
de forêts gérées de manière durable et équitable.

Passer la main...

VOUS NE CROYEZ PAS QU'IL SERAIT PLUS SAGE D'ATTENDRE LA FIN DE VOS ÉTUDES AVANT DE PENSER À LA MAIN DE MA FILLE !?
C'EST QUE...

C'EST QUE QUOI ?
C'EST QUE... J'EN AI BESOIN TRÈS VITE...
VOUS COMPRENEZ ?

NON !
ALBERT, ÉCOUTE, JE VAIS T'EXPLIQUER...

...OU ALORS... J'AI PEUR DE COMPRENDRE...
ALBERT...

NE ME DITES PAS QUE MA FILLE ET VOUS, VOUS...

ALBERT ! TU VAS M'ÉCOUTER, DIS !?

MAIS ENFIN, QU'EST-CE QUI SE PASSE, ICI ?

DOMINIQUE, TU ES VENU POUR LA MAIN ? IL Y A LONGTEMPS QUE TU ES LÀ ?! POURQUOI PERSONNE NE M'A RIEN DIT ?
...PAS EU
TU CONNAIS TON PÈRE.

MAIS ENF'IN...
VAS-Y! EXPLIQUE-LUI...

EN CE MOMENT, À L'UNIVERSITÉ, LES COURS PORTENT SUR LA CHIRURGIE DE LA MAIN... HIER, DOMINIQUE ET MOI EN AVONS RAMENÉ UNE DU COURS DE DISSECTION...
HEIN!?! MAIS POURQUOI!?!

POUR POUVOIR L'ÉTUDIER À L'AISE, VOYONS. C'EST CE QUE J'AI FAIT, HIER, TOUTE LA SOIRÉE.

ET AUJOURD'HUI, C'EST SON TOUR. IL EST VENU LA RECHERCHER POUR POUVOIR L'ÉTUDIER CE SOIR.

IL FAUT ABSOLUMENT QU'IL SOIT PRÊT, LUI AUSSI. LES EXAMENS, C'EST POUR DEMAIN.

PLUS TARD...
DIS-MOI, LOUISE, CETTE MAIN, ELLE L'AVAIT MISE OÙ, EN ATTENDANT DE LA REMETTRE À SON COPAIN ?

DANS LE CONGÉLATEUR.

DANS LE CONGÉLATEUR!?

OH, MAIS NE T'INQUIÈTE PAS. ELLE L'AVAIT MISE DANS UN SACHET EN PLASTIQUE, ET EN PLUS, ELLE LUI AVAIT COUPÉ LES ONGLES.

ELLE AURAIT PU SUIVRE DES ÉTUDES DE.. JE NE SAIS PAS, MOI... DE DROIT... DE COMPTABILITÉ... DE COMMERCE... POURQUOI A-T-IL FALLU QU'ELLE CHOISISSE LA MÉDECINE ?!
HOULA! N'AVEZ PAS L'AIR DANS VOTRE ASSIETTE, VOUS...
VOULEZ-VOUS QUE JE VOUS EN RÉSERVE UN DOIGT ?

Tout s'explique...

?

QUI C'EST, CELLE-LÀ ? JE NE L'AI JAMAIS VUE...
C'EST LA NOUVELLE TECHNICIENNE DE PLATEAU.

ET L'AUTRE, QU'EST-ELLE DEVENUE ?
ELLE A DONNÉ SA DÉMISSION AVANT-HIER.
POURQUOI ?

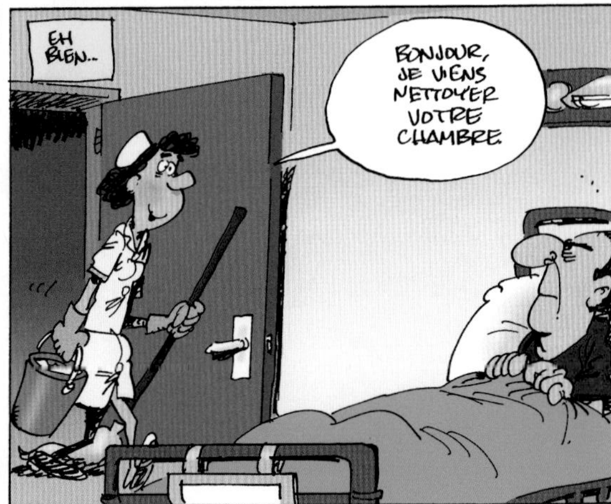
EH BIEN..
BONJOUR, JE VIENS NETTOYER VOTRE CHAMBRE.

312
?!?

...TU PENSES BIEN QU'APRÈS ÇA, ÇA N'A PAS TRAÎNÉ. DEUX HEURES APRÈS, ELLE AVAIT DÉJÀ QUITTÉ L'HOSTO.
JE LA COMPRENDS.

ET, À MON AVIS, CELLE-CI NE VA PAS TARDER À EN FAIRE AUTANT.
?
?

312
HOULA... HOULALAAAA...

PEU APRÈS...
?
?
?

IL... IL NE VOUS A RIEN DIT ?!
NON. POURQUOI ? IL DEVAIT ?

RIEN DIT ?... RIEN FAIT ?
MAIS NON. POURQUOI ME DEMANDEZ-VOUS ÇA ?

VOUS POURRIEZ LUI DONNER À MANGER ?
?... SI ÇA PEUT VOUS RENDRE SERVICE...

TU N'EXAGÈRES PAS UN PEU, LÀ ?
POURQUOI ? SI ELLE A RÉUSSI À NETTOYER SA CHAMBRE, ELLE POURRA PEUT-ÊTRE LUI FAIRE AVALER QUELQUE CHOSE AUSSI.

ET VOILÀ.
OÙ DOIS-JE METTRE LE PLATEAU ?

DITES, VOUS POURRIEZ LE FAIRE ALLER AUX TOILETTES...
ET LUI FAIRE PRENDRE UN BAIN...
... PENDANT QU'ON CHANGERA SA LITERIE ?
SI VOUS VOULEZ.
312

VENEZ, ALLONS-Y.

SPLIF SPLAF

INCROYABLE !
VOUS AVEZ VU ? IL N'A MÊME PAS PRONONCÉ UN MOT !
CETTE FEMME EST UN CADEAU DU CIEL !
SPLIF

RIEN À SIGNALER ?
NON, RIEN DE SPÉCIAL, DOCTEUR. SI CE N'EST QU'ON A ENFIN PU S'OCCUPER CONVENABLEMENT DU 312.

AH OUI, LE 312... VOUS SAVEZ, IL NE FAUT PAS TROP LUI EN VOULOIR. PENDANT DES ANNÉES, CE TYPE A VÉCU UN VÉRITABLE ENFER AUPRÈS DE SA FEMME. LA SEULE FOIS OÙ IL A OSÉ OUVRIR LA BOUCHE, ON A DÛ L'HOSPITALISER POUR TROIS SEMAINES.
... ET VOILÀ POURQUOI IL S'EST RETROUVÉ ICI...
... ET AUSSI POURQUOI IL EN VEUT À TOUTES LES FEMMES.

OUI, MAIS ALORS, POURQUOI PAS À CELLE-LÀ ?

C'EST LA SIENNE.
312

Mort sûre

SI VOUS PRÉVOYEZ UNE PETITE ESCAPADE, OU UN GRAND VOYAGE DANS UN PAYS LOINTAIN, ET QUE VOUS VOUS RETROUVEZ DANS UNE RÉGION À SERPENTS, VOICI QUELQUES CONSEILS QUI POURRONT VOUS ÊTRE UTILES.

TOUT D'ABORD, PORTEZ UN PANTALON LONG ET DES CHAUSSURES ÉPAISSES. MARCHEZ AUSSI AVEC UN BÂTON POUR SURPRENDRE LES SERPENTS.
POC POC POC
OH, QUE JE SUIS SURPRIS...

?

BLAF

GNAP!

...SI VOUS ÊTES QUAND MÊME MORDU PAR UN SERPENT...
NIERK NIERK NIERK

RESTEZ BIEN CALME...
HHHHHF PFFFIOU
HHHHHF PFFFIOU

...ET PRÉVENEZ LES POMPIERS.
COMMENT ÇA ?

APPELEZ LE NUMÉRO D'URGENCE DU PAYS DANS LEQUEL VOUS VOUS TROUVEZ.
101 !?
16 !
911 !!!
3,14 ?
GUH...

VOUS... VOUS N'AVEZ PAS DE PORTABLE !?
N... NON.
JE... JE SUIS FICHU ?
GLP

MAIS NON. MAIS NE DÉBRIDEZ PAS LA BLESSURE. NE CHERCHEZ PAS À LA FAIRE SAIGNER, N'ASPIREZ PAS AVEC LA BOUCHE...
QU'EST-CE QUE JE DOIS FAIRE, ALORS ?

NETTOYEZ LA BLESSURE À L'AIDE D'UN ANTISEPTIQUE, OU À L'AIDE DE SAVON ET D'EAU.
NON MAIS VOUS AVEZ VU OÙ ON EST, HEIN ?!
DITES !?
JE SUIS FICHU ! JE SUIS FICHU, JE VOUS DIS !
PLAF
MAIS NON, MAIS NON. APPLIQUEZ UNE COMPRESSE SÈCHE ET PROPRE SUR LA BLESSURE.
ÇA, ÇA IRA ?
QU'EST-CE QUE C'EST ?
BEN... MON MOUCHOIR...
IL EST PROPRE, AU MOINS ?
JE NE M'EN SUIS SERVI QUE DEUX FOIS CE MATIN...
LAISSEZ TOMBER.
ALORS JE SUIS FICHU ?
C'EST ÇA, HEIN ?
MAIS VOUS N'OSEZ PAS ME LE DIRE...
MAIS NON ! MAIS NON ! SI VOUS EN DISPOSEZ, RAFRAÎCHISSEZ L'ENDROIT À L'AIDE DE GLAÇONS PLACÉS DANS UN SAC EN PLASTIQUE...
DES... DES GL...
430
...?
EUH, EXCUSEZ-MOI. J'AVAIS OUBLIÉ.
GNN
GNNN !
HGNNN !

JE SUIS FICHU, JE VOUS DIS!
FICHU!
POF

NON, PAS ENCORE. VOUS AVEZ DU DOLIPRANE SUR VOUS ?
NON!
DU DAFALGAN?
NON PLUS.

VOUS N'EMPORTEZ DONC JAMAIS RIEN AVEC VOUS ?
OH, SI! J'AI TOUJOURS UN PEU D'ASPIRINE ...

DÉSOLÉE, MAIS C'EST JUSTEMENT CE QU'IL FAUT ÉVITER DE PRENDRE?
AH BON ?
BEN OUI. L'ASPIRINE FAVORISE LA CIRCULATION DU SANG, ET DONC DU VENIN QUI PEUT S'Y TROUVER.
A.. ALORS, JE SUIS FICHU.

NON. SI VOUS ÊTES ISOLÉ ET QUE LES SECOURS NE SONT PAS VENUS, ALORS METTEZ-VOUS EN ROUTE.
HMPF!

MAIS ATTENTION : ÉVITEZ ABSOLUMENT DE COURIR. NE FAITES PAS D'EFFORT INTENSE.

NE MANQUEZ PAS DE VOUS ARRÊTER QUELQUES MINUTES TOUS LES 500 MÈTRES..
MINCE ALORS ...
JE NE SUIS PAS PRÈS D'ARRIVER, MOI...

POURQUOI DITES-VOUS CELA? IL Y A LONGTEMPS QUE VOUS MARCHIEZ DANS LE DÉSERT ?
IL Y A BIEN TROIS JOURS...

TROIS JOURS? DANS CE CAS, VOUS POUVEZ RESTER ASSIS. VOUS ÊTES ARRIVÉ AU BOUT DE VOS PEINES.
JE... JE SUIS...

EUH... OUI.
BLAF

SI VOUS PRÉVOYEZ UNE PETITE ESCAPADE OU UN GRAND VOYAGE DANS UN PAYS LOINTAIN, ET QUE VOUS VOUS RETROUVEZ DANS UNE RÉGION À SERPENTS, PORTEZ UN PANTALON LONG, D'ÉPAISSES CHAUSSURES DE MARCHE, UN BÂTON, UN PASSE-MONTAGNE, UN TÉLÉPHONE PORTABLE, UN ANTISEPTIQUE, DU SAVON, DE L'EAU, UNE COMPRESSE SÈCHE ET PROPRE, DES GLAÇONS DANS UN SACHET EN PLASTIQUE, DU DOLIPRANE, DU DAFALGAN, ...

...ET ENCORE, MÊME LÀ, JE NE VOUS GARANTIS RIEN!

Énurésie

LA PROPRETÉ N'EST PAS INNÉE. C'EST UN PROCESSUS NATUREL QUI S'ACCOMPLIT ENTRE DEUX ET CINQ ANS.
RÉSERVÉ AU SERVICE
UN ENFANT EST PROPRE LORSQU'IL PEUT RETENIR SON URINE, ET ATTENDRE DE FAIRE PIPI À UN MOMENT ET À UN ENDROIT ADAPTÉS.
MAIS IL ARRIVE EFFECTIVEMENT PARFOIS QUE CE PROCESSUS SE DÉVELOPPE MOINS RAPIDEMENT. PASSÉ CINQ À SIX ANS, LES MÉDECINS PARLENT D'ÉNURÉSIE POUR DÉSIGNER LE FAIT QUE CERTAINS FONT ENCORE PIPI AU LIT.
GÉNÉRALEMENT, CET ÉTAT DE FAIT DISPARAÎT DE LUI-MÊME APRÈS QUELQUES ANNÉES...
...SI TEL N'EST PAS LE CAS, IL VAUT MIEUX ÊTRE PATIENT ET LAISSER FAIRE LE TEMPS, QUE DE SE FÂCHER ET DE RISQUER DE LE STRESSER.
AH, D'ACCORD. ...HOULÀ... IL EST TEMPS QUE JE REPRENNE MON SERVICE, MOI...
À TOUT À L'HEURE.
C'EST ÇA, À TOUT À L'HEURE.
433
ELLE A DES PROBLÈMES AVEC UN DE SES ENFANTS ?
NON, AVEC SON MARI ...

Alerte à l'allergie

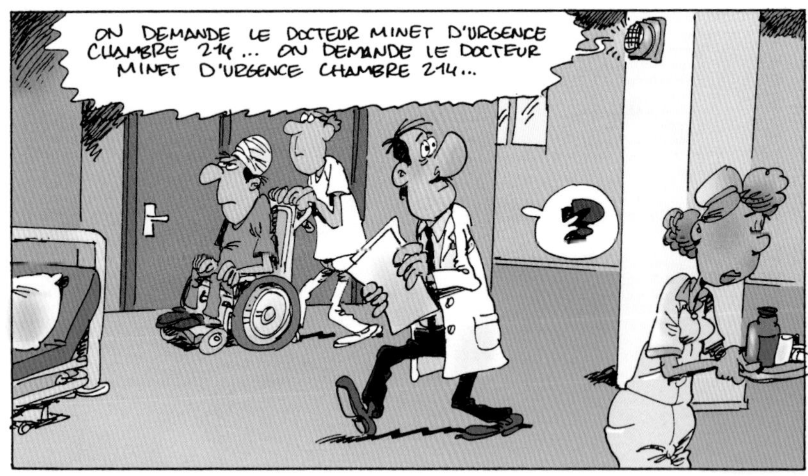

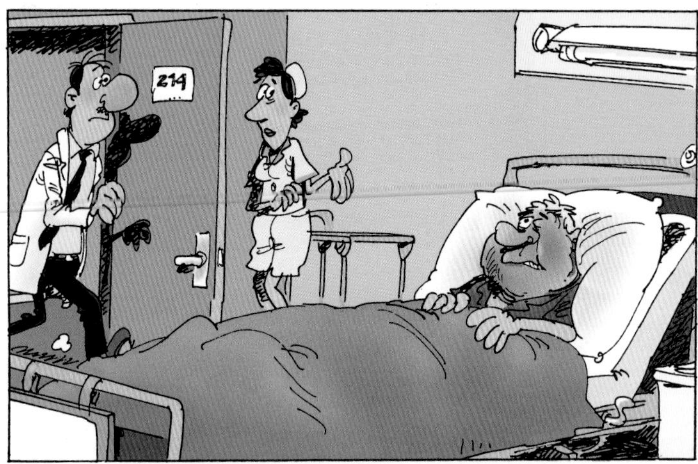

432

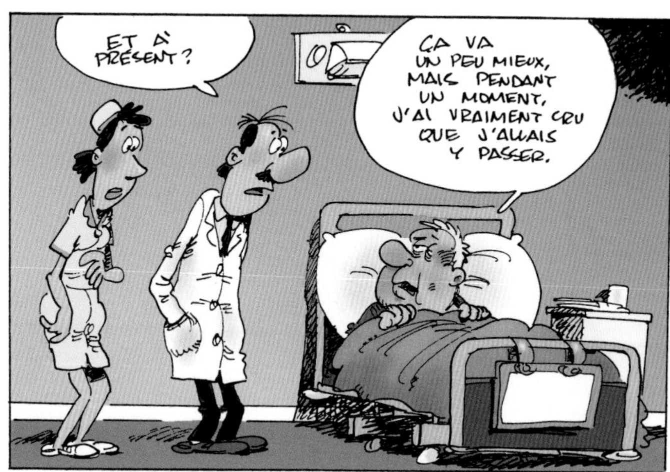
ET À PRÉSENT ?
ÇA VA UN PEU MIEUX, MAIS PENDANT UN MOMENT, J'AI VRAIMENT CRU QUE J'ALLAIS Y PASSER.

214
HMMM ...
UN OEDÈME DE QUINCKE, À PREMIÈRE VUE ...
KOFF

QU'EN PENSEZ-VOUS, DOCTEUR ?
CELA RESSEMBLE FURIEUSEMENT AUX SYMPTÔMES D'UNE ALLERGIE À UN MÉDICAMENT.

ELLES SONT PLUS FRÉQUENTES QU'ON NE LE PENSE, ET PEUVENT GÉNÉRER DES RÉACTIONS GÉNÉRALES DRAMATIQUES...

ELLES SURVIENNENT SOUVENT APRÈS AVOIR REÇU UNE INJECTION MÉDICAMENTEUSE OU PRIS UN COMPRIMÉ.
HUUU!!!! HUUUIII
KOFF

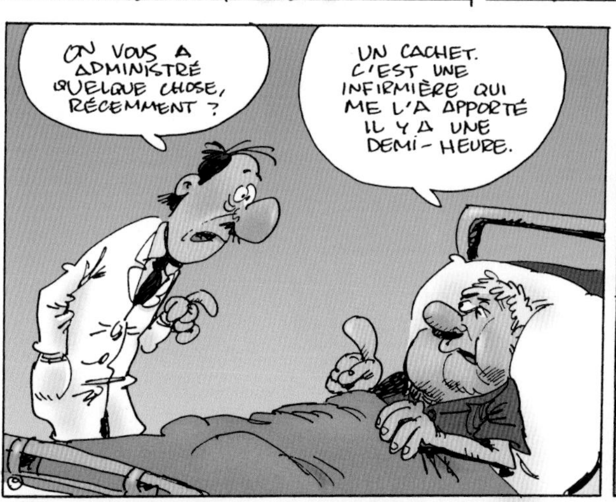
ON VOUS A ADMINISTRÉ QUELQUE CHOSE, RÉCEMMENT ?
UN CACHET. C'EST UNE INFIRMIÈRE QUI ME L'A APPORTÉ IL Y A UNE DEMI-HEURE.

QUEL GENRE DE CACHET ?
LA BOÎTE... KOFF KOFF... HUU!!!... LÀ... SUR LA TABLE.
KOFF

?

KOFF KOFF HUUU!!!! KOFF ARHEUUUU HUIIIIII
KOFF
QUOI ENCORE ?

KOFF
KOFF
HUUI
HUI
KOFF
AÏE
AÏE

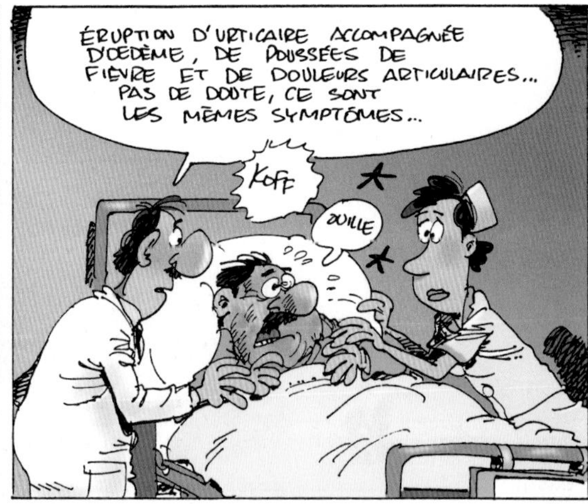
ÉRUPTION D'URTICAIRE ACCOMPAGNÉE D'ŒDÈME, DE POUSSÉES DE FIÈVRE ET DE DOULEURS ARTICULAIRES... PAS DE DOUTE, CE SONT LES MÊMES SYMPTÔMES...
KOFF
OUILLE

IL A PRIS DES MÉDICAMENTS, DERNIÈREMENT ?
PAS QUE JE SACHE. NOUS L'AVONS GARDÉ ICI JUSTE EN OBSERVATION. SON DERNIER COMPRIMÉ DOIT DATER DE LA SEMAINE DERNIÈRE.
KOFF
HUIIIII

IL FAUT SAVOIR QUE L'ALLERGIE MÉDICAMENTEUSE PEUT AUSSI SE TRADUIRE PAR DES RÉACTIONS TARDIVES, SURVENANT PARFOIS PLUSIEURS JOURS APRÈS LE CONTACT AVEC L'ALLERGÈNE RESPONSABLE...
QU'EST-CE QU'ON FAIT ?
KOFF

TRAITEMENT D'URGENCE, AVEC INJECTION D'ADRÉNALINE, DE CORTICOÏDES ET D'ANTIHISTAMINIQUES. JE M'EN OCCUPE.

DE VOTRE CÔTÉ, ESSAYEZ DE SAVOIR CE QUI S'EST PASSÉ...
BIEN, DOCTEUR.

LISETTE ! LE BETHINOL, C'EST POUR LA CHAMBRE 216, ET LE PRÉTAMONYL, POUR LE 214...
...ET PAS L'INVERSE !
QUOI ? ME SERAIS-JE ENCORE TROMPÉE ?

OUI !
AH LA LA, PARFOIS JE ME DEMANDE OÙ J'AI LA TÊTE..
À VRAI DIRE, NOUS AUSSI ...

Histoire de bosses

IL... IL N'A PAS EU DE PERTE DE CONSCIENCE ?
EUH... NON. ENFIN, SI...

IL S'EST LEVÉ UNE FOIS POUR ALLER DONNER À MANGER AUX MOUETTES.
PETIT, PETIT...

AUX MOUETTES!?! MAIS Y A PAS DE MOUETTES CHEZ NOUS!?...
ÇA, JE LE SAIS BIEN...

C'EST CE QUE JE LUI AI EXPLIQUÉ...

AVANT DE LE RECONDUIRE DANS SON FAUTEUIL...

...OÙ IL S'EST ENDORMI PROFONDÉMENT.

IL... IL A VOMI ?
UN PEU. J'AVAIS FAIT DES CREVETTES À MIDI. J'AI OUBLIÉ QUE TON PÈRE NE LES SUPPORTAIT PAS.

IL S'EST PLAINT DE MAUX DE TÊTE ?!
UNE FOIS OU DEUX, MAIS TU CONNAIS TON PÈRE. IL FAUT TOUJOURS QU'IL SE PLAIGNE DE QUELQUE CHOSE.

IL... IL A SAIGNÉ DU NEZ ?!
OUI.
DES OREILLES !?
OUI.

OH, MAIS JUSTE UN PEU- D'AILLEURS, C'EST FINI MAINTENANT. JE LUI AI MIS DU COTON PARTOUT.
JE NE VOULAIS PAS QU'EN PLUS, IL ME TACHE LA MOQUETTE.

UNE PLAIE... EST-CE QU'IL A UNE PLAIE ? ...
OÙ ÇA ?

À LA TÊTE !
AH ÇA, J'AI PAS REGARDÉ. NE BOUGE PAS. JE VAIS VOIR.

UN TROU, JUSTE UN PETIT TROU. AVEC QUELQUE CHOSE QUI BRILLE AU FOND. ÇA DOIT ÊTRE UN ÉCLAT DE VERRE. À MON AVIS, C'EST QUAND IL A REÇU LE LUSTRE SUR...
... ET UNE BOSSE ? IL A UNE BOSSE ?!

C'EST JUSTEMENT DE CELA QUE JE VOULAIS TE PARLER. IL EN A UNE. AU DÉBUT, ELLE N'ÉTAIT PAS PLUS GROSSE QU'UN OEUF DE PIGEON...

À PRÉSENT, ELLE EST COMME UN OEUF DE POULE, SI ÇA CONTINUE, D'ICI CE SOIR...
MAMAN ! NE BOUGE PAS DE LÀ ! JE T'ENVOIE UNE AMBULANCE !

POUR QUOI FAIRE ? JE N'AI RIEN, MOI...
NON, POUR PAPA ! TOI, RESTE À LA MAISON. JE TE DONNERAI DES NOUVELLES DÈS QUE POSSIBLE !

PON PIN PON PIN PON PIN

PIN PON PIN PON...

BLONG

NATHALIE ?
C'EST POUR VOUS...
?

MAMAN ?! DOIS-JE ENCORE TE RAPPELER QUE LES COUPS DE TÉLÉPHONE D'ORDRE PRIVÉ NE SONT PAS APP...
C'EST QUE J'AI COMME QUI DIRAIT UN PETIT PROBLÈME...

ET, BIEN SÛR, ÇA NE PEUT PAS ATTENDRE CE SOIR !
JE... JE CRAINS QUE NON.
BON. EXPLIQUE-MOI, MAIS, S'IL TE PLAÎT, SOIS BRÈVE !

EH BIEN VOILÀ...

Face à l'imprévu

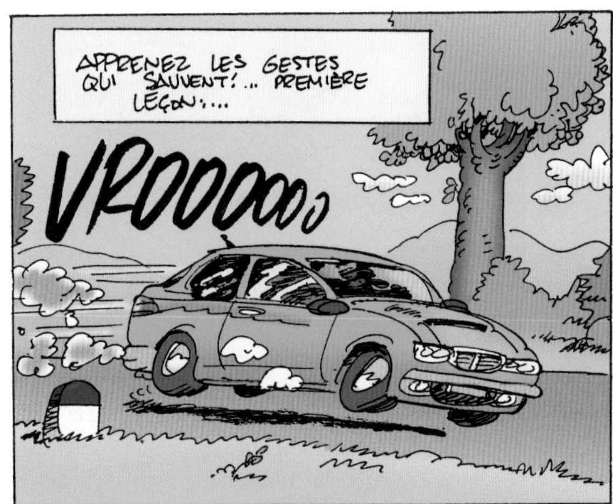

GAREZ-VOUS À DISTANCE, SI POSSIBLE AU-DELÀ DU LIEU DE L'ACCIDENT.
POUT POUT

FAITES SORTIR LES OCCUPANTS DE VOTRE VOITURE.
NOUS SOMMES DÉJÀ ARRIVÉS?
NON, BELLE-MAMAN. JUSTE UN PETIT CONTRETEMPS, VOILÀ TOUT.

...ET ASSUREZ-VOUS QU'ILS SONT BIEN EN SÉCURITÉ.
NE BOUGEZ PAS. SURTOUT NE BOUGEZ PAS.

BALISEZ LA ZONE DE L'ACCIDENT À 200 MÈTRES DE PART ET D'AUTRE À L'AIDE D'UN TRIANGLE DE SIGNALISATION...

JE N'AI PAS D'AUTRE TRIANGLE DE SIGNALISATION.
CHERCHEZ BIEN, VOUS TROUVEREZ BIEN AUTRE CHOSE.
J'AI BIEN MA ROUE DE SECOURS...

ÇA NE SUFFIRA PAS.
À MOINS QUE...

ENSUITE, SI VOUS POUVEZ LE FAIRE SANS DANGER, COUPEZ LE CONTACT DU VÉHICULE ACCIDENTÉ.

VRRRRRRRRRRRRRRR
KLIK.

SI LA VICTIME EST DANS LE VÉHICULE, NE LA DÉPLACEZ PAS, SAUF SI SA VIE EST EN DANGER, EN RAISON D'UN INCENDIE, PAR EXEMPLE.
JE NE CROIS PAS, NON.

ALERTER LES SECOURS EST LE PREMIER MAILLON DE LA CHAÎNE DE SECOURS.

APPELEZ LE SERVICE D'AIDE MÉDICALE URGENTE ET LES POMPIERS...

INDIQUEZ-LEUR VOTRE NUMÉRO DE TÉLÉPHONE...
OUI C'EST ÇA... ... 87 32.
... PENDANT LES HEURES DE BUREAU.

LA LOCALISATION DE L'ACCIDENT...
OUI, APRÈS LE KILOMÈTRE 42... DANS UN PLATANE...

LA NATURE DE L'ACCIDENT.
VOITURE RATATINÉE...

LA PRÉSENCE DE DANGER PERSISTANT...
LE TEMPS SE COUVRE...
IL VA SÛREMENT SE METTRE À NEIGER...
436

LE NOMBRE DE PERSONNES IMPLIQUÉES, L'ÉTAT APPARENT DES VICTIMES...
UNE MINUTE ...
JE VAIS VOIR.

EUH... JE NE VOIS JUSTE QU'UNE CHAUSSURE SUR LA BANQUETTE ARRIÈRE AVEC UN DENTIER DEDANS...
3

LES PREMIERS GESTES EFFECTUÉS...
AUCUN. ENFIN, PAS ENCORE...

NE DÉPLACEZ PAS UNE VICTIME.
?

L'EXTRACTION URGENTE D'UNE VICTIME D'UN VÉHICULE EXIGE L'INTERVENTION DE SECOURISTES EXPÉRIMENTÉS.
BON. QU'EST-CE QUE JE FAIS, ALORS ?

VOUS ATTENDEZ LES SECOURS.

IOUIIIIOUIOU
IIIIIOUIIIIOUUU
IIOUIIIOUUU
OUIIIIOUUI
YOU-HOOUUU !
PAR ICI ! PAR ICI !

QU'EST-CE QUE VOUS FAITES LÀ, VOUS ? DÉBARRASSEZ LE PLANCHER, VOUS VOYEZ BIEN QUE VOUS GÊNEZ TOUT LE MONDE !?!
MAIS...
EXÉCUTION !

EH BEN, MERCI ! ...

C'EST BIZARRE, J'AI LA DÉSAGRÉABLE IMPRESSION D'AVOIR OUBLIÉ QUELQUE CHOSE...

APPRENEZ LES GESTES QUI SAUVENT, DEUXIÈME LEÇON : QUE FAIRE SI VOUS DÉCOUVREZ UNE PERSONNE EN ÉTAT D'HYPOTHERMIE, ASSISE SUR UNE ROUE DE SECOURS, EN PLEINE TEMPÊTE DE NEIGE ?...
...CE SERA POUR UNE AUTRE FOIS...

Bactéries à gogo

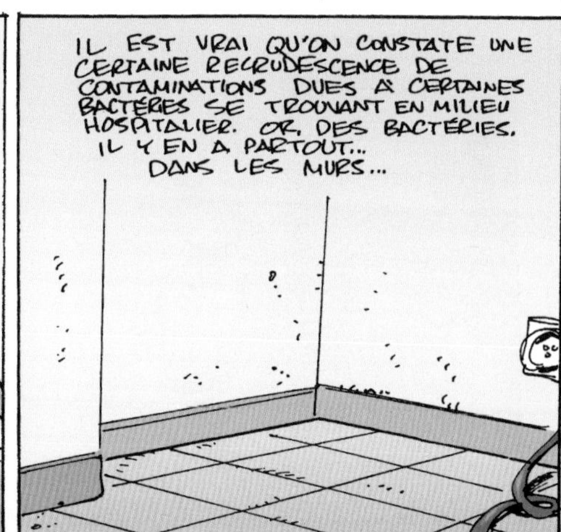

AUX VÊTEMENTS...
VESTIAIRE

À LA MANCHETTE DU TENSIOMÈTRE...
12,5... C'EST NORMAL...
PCHHH

AU STÉTHOSCOPE...
TOUSSEZ !
KOFF

AUX DRAPS...
TOUJOURS UN PEU GONFLÉ LÀ... ET LÀ.
... ON VA VOUS EMMENER EN SALLE D'OPÉRATION ET VOIR ÇA DE PLUS PRÈS.

POUR ÉVITER DE CONTAMINER LE PATIENT (S'IL NE L'EST PAS DÉJÀ), IL FAUT DONC LES LAVER...

...LES LAVER SOUVENT...

...MAIS IL Y A UN RISQUE...

CELUI DE TOMBER SUR LES BACTÉRIES QUI INFECTENT LES TUYAUX DE CANALISATION.

ON PEUT CESSER DE SE LAVER LES MAINS À L'EAU ET, À LA PLACE DU SAVON, UTILISER UN DÉSINFECTANT À BASE D'ALCOOL...
FRUSH FRUSH

SEULEMENT, DANS CERTAINS CAS, IL ARRIVE QU'À LA LONGUE, ON CONSTATE QUE CE PRODUIT DESSÈCHE OU IRRITE LA PEAU.

...DES GANTS EN CAOUTCHOUC ?
GANTS

C'EST BIEN, MAIS...

MAIS LÀ AUSSI, IL EXISTE DES PROBLÈMES D'ALLERGIE...

CERTES, ON PEUT TROUVER DES GANTS SPÉCIAUX, SANS LATEX...

...MAIS POUR LES OBTENIR, IL FAUT EFFECTUER UN CERTAIN NOMBRE DE DÉMARCHES... ÇA PREND DU TEMPS...
IL FAUT SIGNER LÀ
ET ICI
ET ICI
ET ENCORE LÀ.

...ON LAISSE TOMBER...
PRRRFT!

ALORS, QUOI, QU'EST-CE QUE JE FAIS, MOI?!
J'OPÈRE AVEC LES DENTS?

CERTAINEMENT PAS. L'HALEINE EST AUSSI UN VECTEUR DE MICROBES, ET LE PORT DU MASQUE EST PLUS QUE SOUHAITÉ.
JE VOUS AVERTIS: AVEC LES PIEDS, JE NE SUIS PAS DOUÉ.
PAS DOUÉ DU TOUT.

NE DITES PAS DE BÊTISES. ON NE RIT PAS QUAND LA VIE D'UN PATIENT EST EN JEU.

ALORS, MON CHER FRANCIS, VOUS AUSSI, VOUS VOUS ÊTES MK À LA PLOMBERIE?
OUI. C'EST MOINS STRESSANT, ET C'EST AUSSI BIEN PAYÉ.

Don d'organes

J'AI COURU VERS LUI POUR L'AIDER À SE RELEVER, MAIS QUAND J'AI VU DANS QUEL ÉTAT IL ÉTAIT, J'AI PRÉFÉRÉ NE PAS LE TOUCHER ET APPELER TOUT DE SUITE UNE AMBULANCE.
ET VOUS AVEZ BIEN FAIT.

JE SUIS DÉSOLÉ.

NOOOON?
SI. NOUS AVONS FAIT CE QUE NOUS AVONS PU, MAIS...

NOOOOON! NOOOOON! NOOOOON!

EUH... JE M'EXCUSE D'AJOUTER ENCORE À VOTRE PEINE, ET JE SAIS QUE LE MOMENT EST MAL CHOISI, MAIS JE N'AI PAS LE CHOIX...

LE CHOC, QUOIQUE VIOLENT, A LAISSÉ INTACTS LA PLUPART DES ORGANES VITAUX...

POUR LUI, TOUT EST FINI, MAIS POUR D'AUTRES, LA GREFFE DE L'UN DE CEUX-CI POURRAIT REPRÉSENTER LE DÉPART D'UNE NOUVELLE VIE...
JE... JE NE COMPRENDS PAS...

438

LE DÉFUNT EST LE TYPE MÊME DU DONNEUR POTENTIEL ET SI VOUS LE PERMETTEZ...
QU'EST-CE QU'IL VEUT DIRE?

LE DOCTEUR A BESOIN DE VOTRE AUTORISATION POUR PRÉLEVER CERTAINS ORGANES.
VOILÀ, C'EST EXACTEMENT ÇA.

ESSAYEZ DE LA CONVAINCRE, VOUS.
JE VEUX BIEN, MOI, MAIS QU'EST-CE QUE JE VAIS LUI DIRE?
JE VOUS FAIS CONFIANCE.

BIEN SÛR, VOUS POUVEZ TOUJOURS REFUSER, MAIS D'UNE FAÇON OU D'UNE AUTRE, IL FAUT VOUS DÉCIDER, ILS NE DISPOSENT PAS DE BEAUCOUP DE TEMPS...
ALORS C'EST OUI ?
C'EST NON ?

C'EST OUI !
BRAVO !

C'EST MAGNIFIQUE, CE QUE VOUS VENEZ DE FAIRE... DIEU SEUL SAIT SI, DANS PAREILLE SITUATION, J'AURAIS EU COMME VOUS LE COURAGE DE FAIRE CE GESTE...
TAP TAP

...JE VAIS VOUS CHERCHER UNE NOUVELLE TASSE DE THÉ ?
MERCI.

POOON

NE SOYEZ PAS TRISTE. AU CONTRAIRE, VOUS POUVEZ RELEVER LA TÊTE, ÊTRE FIÈRE DE VOUS.

EN N'INHUMANT PAS VOTRE MARI AVEC TOUS SES ORGANES, CONTRAIREMENT À BEAUCOUP, VOUS AVEZ ÉVITÉ UN SACRÉ GÂCHIS.

MON MARI !? CE N'ÉTAIT PAS MON MARI !
JE... JE NE COMPRENDS PAS... VOTRE DOULEUR, VOTRE CHAGRIN FONT PEINE À VOIR...

METTEZ-VOUS À MA PLACE, C'EST MOI QUI ÉTAIS AU VOLANT DE LA VOITURE... MAINTENANT QU'IL EST MORT, QU'EST-CE QUE JE VAIS RACONTER À L'ASSURANCE, MOI ?

STOPPER LES PRÉLÈVEMENTS D'ORGANES ?! TROP TARD! ON VIENT JUSTE DE TERMINER!
C'EST PAS VRAI ?!!
SI!

LA VRAIE VEUVE VIENT D'ARRIVER...
AÏE AÏE AÏE. MAIS QU'EST-CE QUE JE VAIS LUI DIRE ?
JE VOUS FAIS CONFIANCE.

DANS TOUS LES CAS, IL NE FAUT ABSOLUMENT PAS QU'ELLE VOIE LE CORPS. EN DÉCOUVRANT CE QU'IL EN RESTE, ELLE NE COMPRENDRAIT PAS.

ON M'A DIT QUE MON MARI AVAIT EU UN ACCIDENT QU'ON L'AVAIT AMENÉ ICI, ET...
C'EST EXACT, MADAME. ...ET MALHEUREUSEMENT, IL Y EST DÉCÉDÉ.

JE VEUX LE VOIR! JE VEUX ABSOLUMENT LE VOIR!!!
SI VOUS VOULEZ GARDER UN BON SOUVENIR DE LUI, JE NE VOUS LE CONSEILLE PAS.
MAIS POURQUOI ?
433

VENEZ, JE VOUS OFFRE UNE TASSE DE THÉ. NOUS SERONS MIEUX POUR DISCUTER DE TOUT CELA À LA CAFÉTÉRIA.

EFFECTIVEMENT, S'IL A SAUTÉ D'UN T.G.V. EN MARCHE, IL NE DOIT PAS ÊTRE BEAU À VOIR...
JE NE VOUS LE FAIS PAS DIRE.
...MAIS QU'EST-CE QUI LUI A PRIS ?
ALLEZ SAVOIR...
À VOTRE AVIS, QU'EST-CE QU'ELLE PEUT BIEN LUI RACONTER ?
SAIS PAS. JE LUI FAIS CONFIANCE.
4

Manque de place

AVEC COMME RÉSULTAT QUE LE PEU QUI RESTENT SONT CONTINUELLEMENT DÉBORDÉS.
DÉBORDÉS, C'EST LE MOT. ON VIENT ENCORE, À L'INSTANT, DE NOUS EN AMENER UN, ET IL EST COMPLÈTEMENT IMPOSSIBLE DE LUI TROUVER UNE PLACE.

ALLONS, ALLONS, N'EXAGÉRONS RIEN. EN CHERCHANT BIEN, ON FINIT TOUJOURS PAR TROUVER.

VENEZ AVEC MOI.

IL Y EN A PLEIN LES COULOIRS...

COMMENT ÇA VA, CARINE ?
JE CHERCHE, JE CHERCHE...

LES CHAMBRES PARTICULIÈRES SONT SURCHARGÉES...

JE NE VOUS PARLE PAS DES CHAMBRES COMMUNES...

DE TEMPS EN TEMPS, ON ARRIVE À EN CASER UN DANS UN PLACARD...

...OU DANS L'ASCENSEUR...
TING!

DANS LES CUISINES, AUSSI...

TOUJOURS PAS TROUVÉ, CARINE ?
JE CHERCHE, JE CHERCHE.

IL FAUT VOUS RENDRE À L'ÉVIDENCE, MONSIEUR LE DIRECTEUR, LA SITUATION EST DEVENUE INTENABLE.

VOUS... VOUS AVEZ TROUVÉ ?!
OUI.

LÀ, QU'EST-CE QUE JE VOUS AVAIS DIT ? QUAND ON CHERCHE UN PEU, ON TROUVE...
DIRECTION

EFFECTIVEMENT.

MADAME MARIAUL! MADAME MARIAUL!
IL Y EN A ENCORE DEUX QUI VIENNENT D'ARRIVER!

ALORS ?
VOUS AVEZ RAISON. LA SITUATION EST VRAIMENT DEVENUE INTENABLE.

IL FAUT ABSOLUMENT TROUVER UNE SOLUTION POUR RÉCUPÉRER DE LA PLACE ET ÉVITER AUX NOUVEAUX ARRIVANTS DE RESTER DEHORS.
ÇA, ÇA NE VA PAS ÊTRE FACILE.

MMH...

?
HA!
SNAP!

PLUS TARD...
CHÉRI, TU PEUX VENIR ME DONNER UN COUP DE MAIN?
?

AH, BRAVO! ET QUI A EU CETTE MERVEILLEUSE IDÉE ?
LE DIRECTEUR. C'EST LA SOLUTION QU'IL A TROUVÉE POUR DÉSENGORGER UN PEU L'HÔPITAL.

...ET ÇA VA DURER LONGTEMPS ?
NOOON, JUSTE LE TEMPS DE TROUVER UNE AUTRE SOLUTION!

ET PUIS, NOUS NE RAMÈNERONS À LA MAISON QUE CEUX QUI SOUFFRENT D'UNE PATHOLOGIE PAS TROP GRAVE.
ENCORE HEUREUX...

Il suffit de si peu...

Bercovici & Cauvin

Troubles psychologiques

AU DÉBUT, JE PRENAIS PATIENCE, MAIS CES DERNIERS TEMPS, TOUT A ÉTÉ DE MAL EN PIS. LA SITUATION EST DEVENUE INTOLÉRABLE.

IL SE SENT TOUJOURS FATIGUÉ...
IL Y EN A QUI ONT DE LA CHANCE DE POUVOIR SE REPOSER.
MAIS, MARIE-JEANNE, J'AI FINI LA VAISSELLE...
ET SI TU COMMENÇAIS À BROSSER LES TAPIS ?

... NE MANGE PRESQUE PLUS...
JE SAIS BIEN QUE TU AS HORREUR DES POIVRONS. C'EST PAS UNE RAISON. FORCE-TOI !

N'ARRIVE PLUS À DORMIR...
TU AS FINI DE BOUGER, OUI ?

CESSE DE PARLER PENDANT DES HEURES...
AILLEURS, ON FAIT LE JOLI CŒUR, MAIS ICI, ON N'A JAMAIS RIEN À DIRE...
C'EST GAI..

ENCORE HIER, CENT FOIS JE LUI AI DEMANDÉ DE CIRER SES CHAUSSURES...
JE LES AVAIS DÉJÀ CIRÉES LA VEILLE, ET JE NE SUIS MÊME PAS SORTI...

C'EST PAS UNE RAISON.

JE VOIS !
AH ?

...ET IL A RÉDIGÉ UNE ORDONNANCE.
QU'EST-CE QU'IL T'A PRESCRIT COMME MÉDICAMENTS ?

POUR MOI, RIEN. POUR MA FEMME, SEULEMENT. ET DEPUIS, JE ME SENS MIEUX.

Une vie de chien

440

JE ME SUIS PRÉCIPITÉE VERS KIKI POUR LUI PORTER SECOURS...

LA PAUVRE BÊTE ÉTAIT AGONISANTE, À DEMI INCONSCIENTE.

JE L'AI AUSSITÔT EMMENÉ CHEZ LE VÉTÉRINAIRE. IL A COMMENCÉ PAR LE METTRE SOUS SÉDATIFS, PUIS IL A FAIT QUELQUES RADIOS. IL N'AVAIT RIEN DE CASSÉ...
DIEU SOIT LOUÉ!

MAIS CE FAISANT, IL A DÉCOUVERT UNE PETITE TUMEUR DANS LE CREUX DE LA PATTE. IL A AUSSITÔT DÉCIDÉ DE PRATIQUER UNE BIOPSIE...
HORREUR!

LES RÉSULTATS ÉTANT NÉGATIFS, IL M'A TOUT DE MÊME CONSEILLÉ, PAR SÉCURITÉ, DE LA LUI FAIRE ENLEVER. BIEN ENTENDU, J'AI ACCEPTÉ.
VOUS AVEZ EU BIEN RAISON.

APRÈS L'OPÉRATION, IL M'A PROPOSÉ DE LE GARDER ENCORE QUELQUES JOURS, EN OBSERVATION. HISTOIRE DE LUI FAIRE PASSER QUELQUES EXAMENS COMPLÉMENTAIRES.
...ON N'EST JAMAIS TROP PRUDENT.
440

...MAIS TOUT CELA RISQUE DE VOUS COÛTER FORT CHER...
QUE VOULEZ-VOUS, QUAND IL S'AGIT DE MON PETIT CHIEN, JE ME DIS: AU DIABLE L'AVARICE! KIKI, C'EST TOUTE MA VIE. JE SAIS, IL EST VIEUX, MAIS S'IL DEVAIT LUI ARRIVER QUELQUE CHOSE, JE CROIS QUE J'EN MOURRAIS.

2

ET VOTRE MARI ?
OH, IL EST EN CONVALESCENCE À LA MAISON.

QU'EST-CE QUI LUI EST ARRIVÉ ?
EH BIEN, IL Y A QUELQUES JOURS...

EN ALLANT CHERCHER SON JOURNAL, COMME CHAQUE MATIN, IL A SOUDAIN TRAVERSÉ LA RUE...
VROOO
?

JUSTE AU MOMENT OÙ UNE VOITURE ARRIVAIT, ET CE QUI DEVAIT ARRIVER ARRIVA...
BLAM!

LA VOITURE BOUSCULA LÉGÈREMENT MON MARI...
BOM
BLAF

QUAND JE SUIS ARRIVÉE SUR PLACE, LE MALHEUREUX CHAUFFEUR SE CONFONDIT EN EXCUSES...
440

VOUS LES AVEZ ACCEPTÉES ?
BIEN SÛR. D'ACCORD, IL PARAÎT, D'APRÈS LES TÉMOINS, QU'IL ROULAIT UN PEU VITE, ET QUE MON MARI SE TROUVAIT SUR UN PASSAGE PIÉTONNIER, MAIS CE N'ÉTAIT PAS DE SA FAUTE, APRÈS TOUT. FRÉDÉRIC AURAIT AUSSI PU FAIRE ATTENTION.
ET PUIS, ÇA FAIT DES ANNÉES QUE JE LUI DIS DE S'ABONNER, MOI.

QUAND JE ME SUIS APPROCHÉE DE LUI, IL HURLAIT. MAIS VOUS CONNAISSEZ LES HOMMES, ILS AIMENT BIEN SE PLAINDRE À TORT ET À TRAVERS.
HOUOU!
HOULOULOU!
AÏE!
OUILLÉ!
FRÉDÉRIC, TAIS-TOI! ON NOUS REGARDE!
3

440

BERCOVICI & CAUVIN

Adrénaline et cortisol

MAIS LE STRESS EST AUSSI VITAL POUR CHAQUE INDIVIDU.
GRRRR

IL ACCROÎT, PAR EXEMPLE, L'APPORT DE GLUCOSE AU CERVEAU.

STIMULANT AINSI L'ACTIVITÉ DU CORPS ET DE L'ESPRIT.

SANS CE CARBURANT, NOUS N'AURIONS PAS D'ÉNERGIE POUR PASSER À L'ACTION.
ET MOI QUI CROYAIS QUE TU AVAIS LE SENS DE L'HUMOUR...

IL N'EMPÊCHE QUE TOUT STRESS N'EST PAS FORCÉMENT POSITIF. IL EXISTE EN EFFET NOMBRE DE SITUATIONS ANORMALES FACE AUXQUELLES L'HOMME NE PEUT FUIR, NI LUTTER.

PRENONS UNE SITUATION TOUTE SIMPLE AU HASARD ...

VOTRE FEMME VOUS A QUITTÉ, VOUS AVEZ PERDU VOTRE EMPLOI ET VOUS ÊTES CRIBLÉ DE DETTES.
QUI ?
MOI ?

SUR LE PLAN PHYSIQUE, LE STRESS SE MANIFESTE PAR L'INSOMNIE...
03:25

...DES PALPITATIONS...
POTOPOM POTOPOM TOTOPOM

...DES DOULEURS MUSCULAIRES INEXPLICABLES...
OUILLE

DES MAUX DE TÊTE...
CLOCK CLOCK
ASPIRINE

...DE LA FATIGUE...

...DES EMBARRAS GASTRIQUES...
HIC
HOC
BURP

...VOIRE INTESTINAUX.
GRONF
PROUT

SUR LE PLAN PSYCHIQUE, DES PROBLÈMES DE CONCENTRATION...
VOYONS ...
QU'EST-CE QUE JE SUIS CENSÉ FAIRE À PRÉSENT, MOI ?

L'IMPUISSANCE...
C'EST PAS GRAVE : MA FEMME M'A QUITTÉ...

L'ANXIÉTÉ...
N'EMPÊCHE ...
QUI C'EST QUI VA ME PRÉPARER À MANGER, MAINTENANT ?

L'ENNUI...

...ET L'IRRITABILITÉ.
NORMAL ! JE VOUDRAIS VOUS Y VOIR, MOI !
GRMF !

SOUVENT, LE STRESS S'EXPRIME AUSSI PAR UN COMPORTEMENT DE FUITE...

...BOULIMIE...
MIAM
CHOMP
BAFR
FRONCH

TABAGISME...
KOFF

ET, BIEN SÛR, CONSOMMATION ABUSIVE D'ALCOOL.
HIC.
ON VA FERMER, MONSIEUR ...

CERTAINS VOUS PRÉCONISERONT PLUSIEURS FAÇONS D'ABORDER LE STRESS. APPRENDRE À VOUS DÉTENDRE EN ÉCOUTANT DE LA MUSIQUE...
POM POM

...EN FAISANT DU SPORT...
SWISH
SWISH
SWISH
SWISH
SWISH
SWISH
SWISH
MIKE

...DU TAÏ-CHI...

...EN MONTANT UN PUZZLE DE DIX MILLE PIÈCES...
PUZ

LA MÉDITATION AUSSI...
MMMMMMMMMM...

SUR LE MOMENT, ÇA MARCHE, MAIS LA NUIT VENUE...
J'AI PERDU MON EMPLOI...
...JE SUIS CRIBLÉ DE DETTES...
04:10
...MA FEMME M'A QUITTÉ...

...ET LE LENDEMAIN...
POM POTOM POTOPOM

...TOUT...
OUILLE!

...EST À REFAIRE.
CLOK CLOK CLOK
PSHHHHHH

LE PROFESSEUR LÉVÊQUE, DE L'UNIVERSITÉ D'ANTOING, A DÉCOUVERT QUE, DANS UN PREMIER STADE ET AFIN D'ÉVITER DE RESSASSER TOUJOURS LES MÊMES PROBLÈMES LA NUIT, LA SOLUTION ÉTAIT D'EN CRÉER D'AUTRES LE JOUR...

MONSIEUR HARDY, DÉPRESSIF NOTOIRE, A DÉCIDÉ, POUR VOUS, DE TESTER CETTE MÉTHODE RÉVOLUTIONNAIRE.

RÉVOLUTIONNAIRE EST BIEN LE MOT, CAR IL A DÉCIDÉ DE PROFITER D'UNE MANIFESTATION DE RUE, AVEC LAQUELLE IL N'AVAIT POURTANT RIEN À VOIR, POUR S'ATTAQUER À UN CORDON ENTIER DE C.R.S À MAINS NUES.
NON!
UTTE
?

... ET ÇA A RÉUSSI! CETTE NUIT-LÀ, AU MOINS, IL A PENSÉ À AUTRE CHOSE. IL A MÊME ÉCHAFAUDÉ D'AUTRES PROJETS POUR L'AVENIR.
AÏE
AÏE AÏE
OUILLE

LESQUELS ?
ENTRE AUTRES, CELUI DE DÉFIER SUR SON PROPRE TERRAIN LE CHAMPION DU MONDE DES LUTTEURS DE SUMO.

JE VOUS REMERCIE.
CLAP CLAP CLAP CLAP CLAP CLAP CLAP

TU Y CROIS, TOI, À CETTE HISTOIRE?
POURQUOI PAS? ÇA NE TE COÛTERA RIEN D'ESSAYER... PRÉSENTE-TOI AU GUICHET DE PINPIN AIRLINES EN LEUR DISANT QUE TU AS UNE BOMBE DANS TES BAGAGES!
TU VERRAS BIEN...
5
CANIN & BERCOVICI

PARFOIS JE ME DEMANDE SI TU NE VIENS PAS ME RENDRE VISITE UNIQUEMENT POUR MES SPIROU...
MHH? PARDON?
SPIROU